flor de asfalto

poesia prosa

© dos poemas Lucia Forghieri
© da edição Editora Quelônio
© das ilustrações Kelly Cristina Santos

Ilustração, capa e projeto gráfico
Kelly Cristina Santos
Leitura crítica
Márcia Regina Rodrigues
Preparação de texto e revisão
Bruno Zeni

Dados Internacionais de Catalogação na Publicação (CIP)
(Câmara Brasileira do Livro, SP, Brasil)

Maria Alice Ferreira - Bibliotecária - CRB-8/7964

Forghieri, Lucia
　　　　Flor de asfalto / Lucia Forghieri; ilustração, capa
　　　　e projeto gráfico, Kelly Cristina Santos - 1º. ed.
　　　　São Paulo: Editora Quelônio, 2020.
　　　　72p.; 12 x 20cm.

ISBN 978-65-87790-04-6

1. Maternidade 2. Poesia brasileira I. Título.

20-42057　　　　　　　　　　　　　　　　　　CDD- B869.1

Índices para catálogo sistemático:
　1. Poesia : Literatura brasileira　　B869.1

Editora Quelônio
Rua Venâncio Aires, 1072
05024-030
São Paulo - SP
www.quelonio.com.br

flor de asfalto

lucia forghieri

ilustrações kelly cristina

para joão,
que me trouxe nascimentos

Sumário

parte I
o nascimento das palavras

início	9
mãe	10
cria	11
arrebenta	12
ruga	13
lexicografia	14
discurso-rio	15
bem-entendidos	16
ipê branco	17

parte II
outros nascimentos

anoitece	21
madrugada	22
amanhece	23
beirada	24
rua	25
romance	26
provisório	28
sintaxe da água	29
filha	32
tradução	33
o que cabe na malinha	34

perdi minha idade	35
devoção	37
um dia	38
meu verdadeiro filho	39
crescer	40
dois	41
sol	43
o tempo não voa	44
numa caixinha	46
paulista aberta	47
haicai humano	48
para os momentos de solidão	49
obrigada, gari	50
chão	51
ser deus	52
sublime	53
menor	54
bisavó	55
balões e fumaça	57
esquina de cemitério	58
seus olhos	59
despedida	60
nos dias de seco azul	62
sonho feliz de cidade	63
faz viver	64
primavera	65
sonho acordado	66
cosmologia reversa	67
final feliz	68

parte 1
o nascimento das palavras

início

o único anagrama possível de p a r t o é r a p t o. mas até que seja tarde podemos ficar com o p t a r.

enganam-se os linguistas sobre a palavra derivar do latim parere, dar à luz. a origem é partire, que em minha língua se conjuga a sós na primeira pessoa: p a r t o, em eterno presente.

parto é início de um partir(-se)

mãe

m ã e é uma palavra inventada por bebês. dizendo mm-ma quando mamam transformam a enorme teta em mamá, mamãe — sinédoque visceral. em muitas línguas, ou todas talvez, ma é o princípio, primeiro encontro da boca com o verbo.

mas a etimologia não conta: m ã e vem do latim mater, conjugada matrem, só que em sânscrito m a t a.

o que não falta é morte quando nasce uma mãe.

cria

c r i a, derivação regressiva do verbo criar
depois de brotar uma pessoa
ela cresce para longe. é preciso
se recolher, não confunda:
o papel de criadora vai somente até o parto
depois, eterno regresso
à condição de ser
uma
se muito

arrebenta

r e b e n t o era o primeiro estágio da planta
potência da primavera, offspring
mas esta palavra nada tem
de bucólica
a etimologia é obscura
ela vem de repentare
estourar ou explodir

eu não queria dizer mas meu compromisso
com a verdade é maior:
repentare é de súbito acontecer:
aquele que nasce explode
de repente, sem aviso
e então é preciso regredir
deixar erguer(-se)

                                        a criança

do latim creare
criação

ruga

a rua não se importa com nascimentos
desde que saibam todos
a palavra rua vem do latim rūga
e também a palavra ruga

rūga já virava rua no século XIII
enquanto ruga mesmo só seria no XVII
assim se vão meus trinta
e poucos anos
ruas onde hoje andamos
entre gatos, ciganos, até fitas cassete

as cidades envelheciam
quando se morria sem sulcos
com isso você nem sonha
meus cabelos brancos
a wrinkle in the face
diriam os americanos

lexicografia

— queria você dava um chamego em migo

não traz meu cabelo nem o sorriso
carrega-me apenas na língua
ocupa palavras minhas
não minhas
        chamego
                cacimba
                      que saco
                              é sério?!
léxico afetivo exo-genético
quem engole quem?

o corpo apaga
as palavras não

discurso-rio

infindáveis dias eu contei esperando a sua fala. você corpo, gesto, reação. onomatopeias e expressões. trabalhamos língua, boca e vontade de contar. construir riachos de palavras cada vez mais navegáveis.

a linguagem crescia por dentro. e por mais que brilhasse de outras formas, faltava um discurso-rio para te fluir. hoje, enfim, pude me banhar na água que conquistou. com quatro anos e meio, você me mandou uma mensagem engarrafada com a notícia: estou crescendo um menino bom.

saindo da escola sem palavra, paramos a olhar o córrego

você, devoção
eu, espera

> esse riozinho tão sujo e mesmo assim ele é lindo. ele é lindo lindo, eu queria entrar nele. os índios tomavam banho aqui quando não tinha a cidade? era muito muito bonita a floresta. eu amo amo esse riozinho feio porque ele é muito muito lindo.

foi no primeiro mês do ano que secou lirismos. suas palavras me regaram.

bem-entendidos

a vantagem de quem aprende a falar com a doçura dos dois é cada um entender o que quer num lugar de empatia: semente de bem-entendidos.

da sua voz meiga eu escutei:
— tata atí, mamãe.
e sentei-me junto a você. os ouvidos do auxiliar de limpeza do prédio, Jurandir, para agradar lhe contaram:
— tutandir, mamãe.

podia ser assim entre adultos. sermos bem compreendidos antes que as palavras alcançassem os ouvidos do interlocutor, nas tentativas precárias de transpor o isolamento e comunicar com o outro.

sente aqui, vamos conversar? saber seu nome me importa. são coisas que poderíamos ouvir, mesmo sem entender as palavras.

ipê branco

no inverno 37 graus
de céu azul e poluído
um pequeno milagre
ipê branco florido
vimos um
vimos seis
depois vi centenas
no instagram

— te amo, ipê branco
eram suas palavras
atravessando minha boca.
— te amo, mamain
surpresa no meu colo

palavras que brotam
por você saber dizer
te amo, pomba suja
te amo, banquinho quebrado
te amo, flor de asfalto

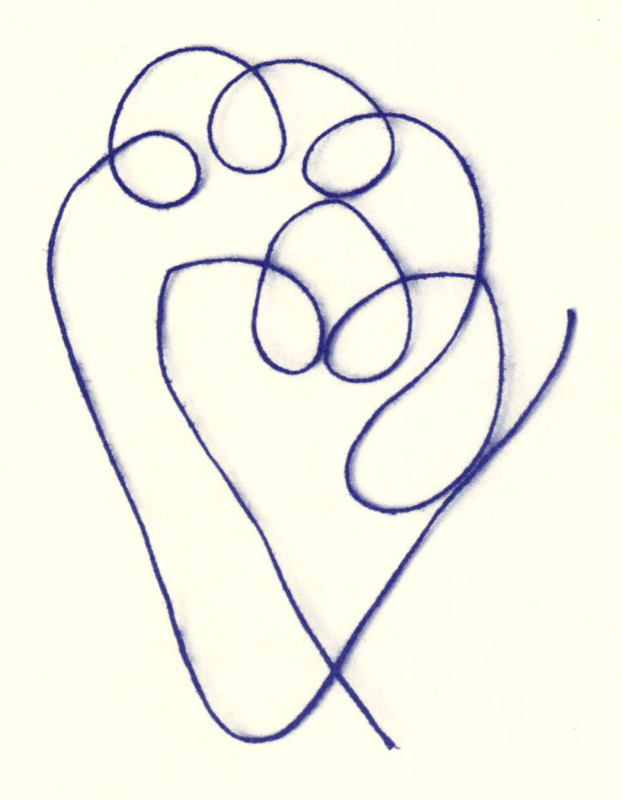

parte II
outros nascimentos

anoitece

aos primeiros sinais do nascimento
um sussurro de morte eu escuto
noite renascimento luto
o que irá sobrar ou emergir?

saio com um neném entre os braços

madrugada

poderia ser verdade
que todos
dormem menos nós
os pássaros
acasalam na hora errada
três da madrugada
olhos acesos
sós

às quatro e satisfeito
você para e não vê
meu corpo sangue
e leite azedo
o motor de ônibus
que ao longe suja
este nosso silêncio

amanhece

vejo as cores do sol nascente
os braços doendo
sem doer
o primeiro mês é
um céu de ponta-cabeça
como se fosse um abismo
e não é

os incontáveis tons de amarelo
vermelho laranja e roxo
o escuro prevalecendo apesar
pintam a imagem destes dias
eu, a noite
você, concerto de cores do sol
(o sol cega)

beirada

não faço contas de toda a vida
que você me dá
e tira
sinto falta do escuro conhecido
mas há sono
e o sono confunde
               por sorte
suas pálpebras cedem
antes que se possa dizer: é dia
o escuro das janelas fechadas afaga
é tão fácil se despedir
dessa beira de mundo
e dormir, brevemente, dormir

rua

atravessando a rua sozinha
eu queria gritar: ei
não sou esse corpo só
sou um bebê
sou um conceito
há três semanas eu nascia

mas a rua não se importa
com nascimentos
agora ando com você
pendurado no meu peito

romance

ó, minha cria
a única chance
de ser boa mãezinha
(imunda de leite)
é inundar de romance
a decisão tão sombria

provisório

a cada sol
esboçar
uma ponte
que permita
sair
de mim
chegar
a você

encontrarmos dois

a cada sol
esboçar
uma ponte
que permita
sair
de você
chegar
a mim

encontrarmos uma

sintaxe da água

aprendo a sua gramática do fluir:
primeiro, em contato
seu encanto em forma de poça
o riacho que se leva adiante
o chuveiro pingando música
em cima dos seus brinquedos

sendo ela também o molhado
sobre pétalas, manhãzinha
ou sobre os carros
como telas para desenhar
com a ponta dos dedos

o brilho dos olhos daquele casal de
velhinhos
quando te veem e sentem:
a vida que lhes escapa
através da pele a cada hora
é a mesma que rega a sua alegria
aquele brilho é feito de água

água de girino na beirada do lago
água da piscina no quintal da vovó
esguichos e mangueiras pela cidade
o aquário na loja perto de casa

e o mar... o mar!
a surpresa com que recebe cada onda
sempre a mesma e sempre nova
sua vontade existir em movimento
uma festa que eu não conhecia igual

todas as vidas que tive desde você

a vida-gestação

eu água e água era todo o seu universo
a vida-parto
assombro infinito de prazer, dor
inundar o mundo de nascimento, dois

a vida-amamentação
eu líquido feito de sangue para te nutrir

vida-mãe, afora
a fluência do rio
destruição das águas

seguindo em fluxo
transpondo pedras
escavando túneis
desabando cachoeira
acabando-me
oceano-amor

amor, único lugar possível de ser rocha

ver você em tempestades
se negar, me negar
amansar num abraço
você crescendo

a maré onde me afoguei baixou
pedras e barro por debaixo
são o que uso para me esculpir
alguém para você encontrar e perguntar:
quem é você, para além de minha mãe?

de mar que fui
ainda viverei praia
a ver os seus primeiros mergulhos
ou algum retorno
para recuperar o fôlego?
(eu espero)

te ver nadar cada vez mais longe e fundo
permanecer te admirando escoar água
somar-se em outros rios
perder-se em oceano
avistar-me ilha ao longe:
que eu tenha a solidez

sendo sua
água ainda
aprendendo das suas
todo dia mais
perco e afogo nos rios
que habitam meu corpo

algumas vezes transbordo lágrimas
mas toda vez que viro chuva
a tempestade resiste pouco
na presença do seu sol
e das lágrimas nasce arco-íris

com sua água e doçura
fabrico o floral mais puro
o que me cura a cada dia

temos o prazer de reconhecer
que nós mesmos criamos o mar
quando nossos olhos acendem
em cumplicidade
água que reluz

temi que de tanto nadar assim
sem bússola ou guia ou mapa que
funcione
um dia eu iria afogar

mas me tornei a rocha

filha

foi me nutrindo até a embriaguez
da ignorância imprescindível
que preenche o sonho de ser mãe
foi me nutrindo da tua inocência de
acreditar
que as estrelas foram feitas pra você
foi assim que pude me tornar
minha própria filha
apesar dos pedregulhos da alma

tradução

no caminho até a padaria
de você aprendo as flores
e sei ver os botões prestes a
também o gato que foge do seu afago
e a pessoa que dorme na rua
sob o seu dedo zelando o silêncio.
as mãozinhas acenando
para quem passa de ônibus
toda a cidade gentil
pois você é feito de sábado

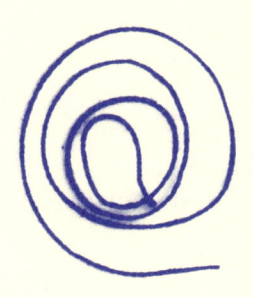

o que cabe na malinha

inevitável um dia nos perder
não em uma rua cheia
nem nos dedos apontados
foi em casa:
seu pai
eu
os cantos

infinitos prantos
abafados por sua alegria
onde cabe uma baleia

o tempo deve
ter sido longo
enquanto me perdia
de vista
você então

uma casa
a
outra

quanto doeu
navegar com aquela malinha?

perdi minha idade

entre a parede suja de mingau
e a privada entupida de absorventes
fui ficando esquecida
enquanto lutava
contra estreptococos
e gastroenterites
que chegavam do jardim
de infância para o meio
da minha cama
com os pensamentos borrados
pelas bolhas de catarro verde
cheguei ao limite
de não saber quantos anos tinha
e portanto ficamos quites

devoção

migalhas de pão
miniformigas
mingau grudado
companhias da devoção
dos meus quadris
como se sentem sós
assim rentes à poeira
ou entre a louça e o tanque
onde vivem suas meias
sempre mais encardidas
pois há ônibus nas avenidas
e o chão é cheio de pó

um dia

um dia
este corpo amou
outro homem
e no outro
seu leite
acabou

meu verdadeiro filho

o egoísmo me salva
de ser somente
tudo isto que é ser
sua mãe

crescer

viver no paraíso
pouco nos interessa
por isso todo dia
nos expulsamos de lá

dois

você vocaliza
)) eu ((
entre sons
que são
sílabas

cria a linha
limita
um que é
o vácuo
para ser só
ser eu

porque somos felizes
e todas as árvores
são suas irmãs
inventamos alegrias
depois de tempestades

o tempo não voa

crescer separa

numa caixinha

se pudesse preservar em uma caixinha as minúsculas histórias de quando a vida se desdobra singela, uma delas seria aquela a que você me convidou hoje.

caminhando pela calçada, me segura a mão como quem diz distraída "pare de andar, me encontrei com alguém". há um homem do outro lado da rua. te acena e sorri sem dentes. seus olhos lampejam de volta.

um ônibus passa manchando a resposta de laranja e barulho. por menos de um segundo o perdemos de vista, ficamos suspensos. mas a espera é breve: ele ainda está lá, sorriso em pausa.

você devolve o sorriso, ele cai em risada. sua alegria se transforma em pulinhos, todos nós rimos. prosseguimos, eu e você de mãos dadas, ele empurrando a carroça.

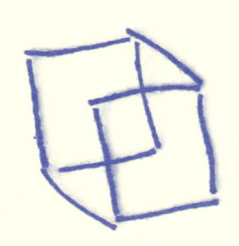

paulista aberta

você ama bicicleta
porque nela não tem teto
subindo a rebouças na garupa
disse à cidade de surpresa
que bonita

ousei ver a cidade bela
brincamos de corda
com meninos de longe
para eles também era
avenida aberta
o silêncio de domingo
felicidade discreta

tanta gente
enganando só por hoje
      a grande questão
           de ter ou não ter
                teto

haicai humano

um menino debruçado sobre o portão
tão antigo quanto minha infância
seu olhar de lado, o dele

    pingue

pongue

um silêncio invade
foi quase amizade
uma nova cor, um
haicai de ser humano

para os momentos de solidão

imprimir para o futuro
você se escondendo do mundo entre as minhas pernas
seu abraço agarrando pelo meu pescoço
o riso escancarado quando corro de você no parque
um brilho nos olhos que acende com qualquer surpresa
a vozinha suave que tem para cantarolar
sua chegada na cama, madrugadas
a respiração quando dorme
o cheiro do seu pescoço.
[para que serviriam metáforas?]

é tudo o que eu pegaria para usar no dia em que
restar solidão

obrigada, gari

um gari te ofereceu metade do lanche, porque você olhou e desejou.

ele quem viu — eu a que passou sem notá-lo.

sorrindo, o homem me chamou para oferecer o pedaço e não aceitou meu "não, obrigada-obrigada". nem que você pegasse uma lasquinha, como eu propus. que levasse pelo menos metade, criança não pode passar vontade.

e eu no "não precisa, imagina-imagina" saí comovida da situação, você com a boca feliz de cheia.

qualquer reflexão não vai estar à altura do gesto daquele gari.

chão

antes que cresça e desista
de meter as mãos na terra
queria entrar em seus mistérios
em sua vida tocando grãos
escapando pelos dedos
pedrinhas barro úmido cascalho
uma rodela de plástico velho

— o que te conta cada parte de chão?

ser deus

observando a sua sabedoria
de estar entre formigas
não achei cruel que você
extraísse das costas dela
o peso da folha
abissal

ela perdida sem a carga e o trabalho
você precisando ser deus
só um pouco
que a onipotência te entedia

sublime

querendo me elevar
aos encontros que você
vive no chão
e eu jamais
salvei uma minhoca
que se atirava ao concreto
meus dedos aprendendo
a fome dos seus
quando tocam
a não-me-toques
para ver o vai e vem

menor

concreto   lixo   barulho
atrás do muro de alumínio subia o prédio
cá fora, corredor de ônibus
e entre a calçada e a obra
entre uma e outra pressa
o resto de areia reluzia, ali
eram tão poucos os grãos
que sua mão pequena os cobria
                    tocá-los era o ato

um amor pelo que sequer existe
ruínas de construção, fração
ser pequeno é enorme
e meu desejo é menor
ser menor
encontrar infinitos
num minúsculo grão de areia

bisavó

no esconde-esconde da bisa
ela acreditava que era
quem te encontrava
não bem escondido
mas a esperá-la
em um canto de parede

esta saudade vai se tornar idosa um dia

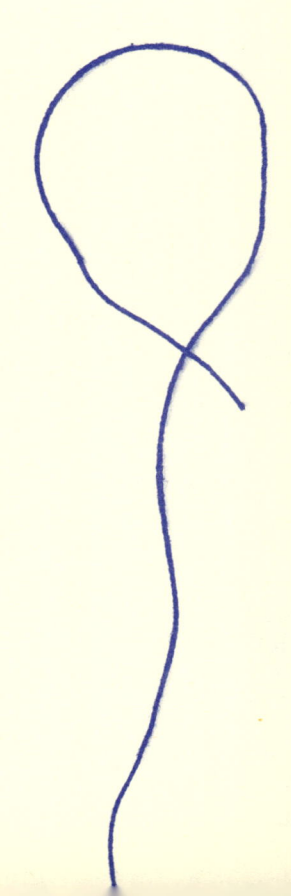

balões e fumaça

quisera te criar em uma cidade mais doce
que não houvéssemos ensurdecido
com ônibus e carros
e as músicas de cada canto

não em uma quase esquina
onde um homem muito sujo
e já louco de miséria
te olhou

você pediu uma pipoca doce
mas ia ganhando a salgada
a travesti pediu 1,20 para o almoço
mas o moço a expulsou
que não importunasse as pipocas
hoje não

você comia e via
tanta gente tanto carro tanta fumaça

entramos no museu e
não podia correr e
não podia entrar de mochila e
para subir só podia por ali

não vi as fotografias expostas
nem tive tempo para uma selfie

em vez disso brincamos de não poder
pisar nas linhas pretas do chão
e desde o primeiro verso
havia um monte de balão:
uma mulher vendo sua vontade
te deu mais de dez balões
que levamos metrô abaixo
dividimos o gás hélio com a menina
sorrindo banguela para nós

quisera te criar em uma cidade mais doce
te dou os encontros entre balões
pipoca, fumaça e barulho

esquina de cemitério

todo trabalho te interessa
sobretudo de escavadeira
britadeira quebrando asfalto
salvavam-se meus ouvidos
ou os perdia lá
paramos ali
abre fecha farol
até que do olhar surgiu um encontro
que acabou em autógrafo
do homem trabalhador
menino dentro do trator para foto
uma piscadela
dele até mim
os três se fazendo
importantes na esquina de cemitério

seus olhos

na nascente quietude
dos olhos de quatro anos
encontrei o amor
dedicado a cada dia
que eu tive como perdido
e também as raízes
de algumas rugas

despedida

um dia nossas mãos irão
se encontrar feito imãs
como todos os dias
mas será o último
o último beijo sonolento
a última noite de febre
último colo indo embora
como se qualquer...
a última vez não anuncia:
maternar é nunca se despedir

nos dias de seco azul

nos dias de seco azul
por pânico a árvore floriu
fora de época, excessiva
as flores chiaram dos galhos
coloriram o ar e caíram
um tapete vivo para nossos pés

recolhemos uma a uma
as pétalas. sujar minha bolsa
com o líquido de flor esmagada
e terra e poeira, abarrotada
do que você se apega do chão
mensagens que as flores
trazem do céu

sonho feliz de cidade

não notamos tantos carros ao redor
(você nem sabe do jovem que um matou)
aqui, um tapete de musgos
urgências de viver
a praça sempre a mesma. a quem importa
se progride ou estamos esquecidos?

faz tempo derrubaram uma árvore
no meio do caminho
de meninos e bicicletas
toda nua e oferecida e morta
nunca mais desocupou-o
povoada de pés descalços
e pequenos corpos errantes
encantados pelos desequilibrios.
o íntimo da matéria vai sendo
abraçado com os olhos da pele

e é porque nascemos daqui
que aprendemos a chamar a realidade
de sonho feliz de cidade

faz viver

na cidade redundante
os olhos crescem tanto
(na mesma velocidade que esvai
                              seu cheiro leitoso)
com o esforço diário de imbuir de vida
toda matéria que nos atravessa

primavera

colher as flores do chão
fazê-las nossas, vesti-las
ainda que esse céu cinza
ainda um vento que vacila
do nosso calor
uma primavera inteira
cintila

sonho acordado

uma gaiola do tamanho do céu
para ter os pássaros
livres
só pra mim

cosmologia reversa

quando você abre
sobre a mesa de jantar
as grandes perguntas
como o que é a morte
minimizo-me
e cada vez
menor
e lentamente
embalo para presente
minhas verdades
com v minúsculo
minha ignorância
e incompletude
como se te desse
a primeira estrela
depois do big bang

final feliz

é por você a tentativa
incontrolável
de encontrar para o poema
um final feliz

não é por você a tentativa
incontrolável
de encontrar um final feliz
cada poema é uma libertação

69

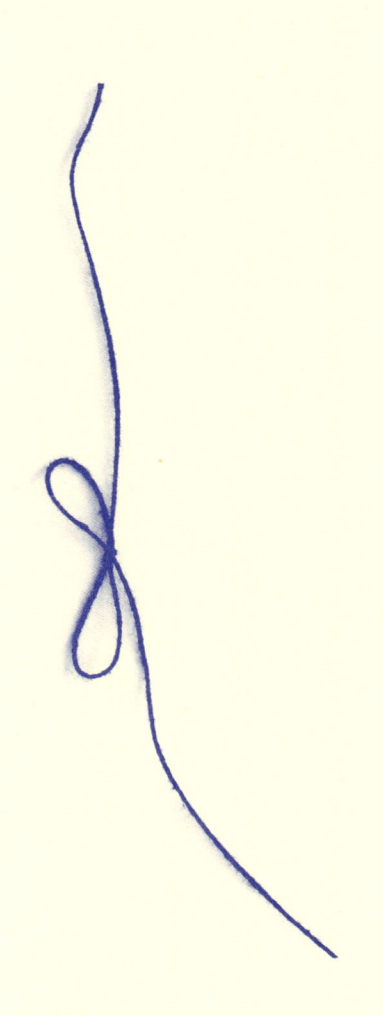

agradecimentos

às duas amigas que vieram de longe para dentro, deram-me as mãos para segurar, por novos janeiros:

Kelly
 você que me deu os nomes do azul e o macio do papel, ensinando as palavras que eram só de ver. esse jeito de fazer carinho.

e Márcia
 você que plantou desde cedo o estro que carreguei comigo, livre e liberta, regando nossas palavras. esta conversa que nunca acaba.

ao meu amor, Fábio, que gosta de me ver voar.

à Wania, à Lidia, à Helena, pela vida e todas as palavras.

à Miriam e ao João, por tudo que crescemos.

flor de asfalto, de lucia forghieri,
com ilustrações de kelly cristina,
foi premiado pelo ProAC/SP
na categoria Criação Literária – Poesia.

Tiragem: **500** exemplares
Papel: Cartão 250 g/m² e Pólen Bold 90 g/m²
Impressão: Gráfica Bartira

São Paulo, setembro de 2020